Él

Código

Primordial

Índice :

Capítulo 1: El Mensaje en el Hielo

Una historia de conspiración, ciencia y el destino de la humanidad

La tormenta arreciaba sobre la base Kronos-7, una instalación científica oculta en las profundidades de la Antártida. Afuera, los vientos alcanzaban los 200 km/h, convirtiendo el paisaje en un infierno blanco.

El doctor Samuel Lenz, experto en genética evolutiva, observaba la extraña cápsula cilíndrica que su equipo había encontrado a casi 900 metros bajo el hielo. Un objeto sellado durante más de 12.000 años.

—No tiene sentido... —murmuró Samuel mientras pasaba su mano enguantada sobre la superficie metálica, completamente intacta.

A su lado, la doctora Aiko Nakamura, bioingeniera y criptógrafa genética, analizaba las inscripciones del cilindro con un escáner espectral.

—Samuel... —su voz tembló al observar la pantalla—. Esto... no es de aquí.

Samuel frunció el ceño.

—¿Quieres decir que es... extraterrestre?

Aiko negó con la cabeza.

—No. Quiero decir que este objeto no debería existir. Mira esto.

La pantalla mostraba un patrón en espiral que se repetía una y otra vez, intercalado con símbolos geométricos.

—Dios... —susurró Samuel—. Es ADN.

Los ojos de Aiko reflejaban asombro y terror.

—Y no cualquier ADN. Es más antiguo que cualquier forma de vida conocida en la Tierra.

Antes de que pudieran reaccionar, las alarmas de la base sonaron con fuerza.

ALERTA: INTRUSOS DETECTADOS.

La imagen de las cámaras de seguridad apareció en las pantallas: hombres armados en trajes negros avanzaban entre la nieve, portando rifles de asalto.

—¡Tenemos que salir de aquí! —gritó Aiko.

Las luces parpadearon. En ese instante, la computadora central de la base comenzó a proyectar un código encriptado en todas las pantallas.

Era un mensaje. Un mensaje de hace 12.000 años... que acababa de activarse.

Capítulo 2: La Fuga y la Revelación

Las sirenas seguían sonando en la base Kronos-7, mientras Samuel y Aiko observaban las pantallas con incredulidad. El cilindro había activado un mensaje codificado, pero no había tiempo para descifrarlo.

Un estruendo sacudió las instalaciones. Explosivos. Los intrusos habían entrado.

—¡Tenemos que movernos! —gritó Aiko, desconectando el cilindro del escáner y guardándolo en una funda acolchada.

Samuel la siguió mientras un grupo de mercenarios irrumpía en el laboratorio. Lucien Kross, un hombre de traje oscuro y ojos fríos, avanzó entre ellos.

—¿Dónde está el cilindro? —su voz era tranquila, pero cargada de amenaza.

Samuel y Aiko lograron salir por una puerta lateral justo cuando se escucharon disparos. Corrieron por los pasillos hasta llegar a la salida de emergencia.

En el exterior, una moto de nieve los esperaba con un conductor enmascarado.

—¡Suban si quieren vivir! — ordenó.

Sin otra opción, saltaron a bordo y el vehículo aceleró, perdiéndose en la tormenta de nieve.

Aiko se aferró con fuerza mientras el conductor los guiaba a través del desierto helado.

—¿Quién eres? —gritó Samuel sobre el rugido del viento.

El hombre se quitó la máscara, revelando un rostro curtido y con cicatrices.

—Dante Varela. Exespía. Y ahora, su única esperanza de sobrevivir.

Mientras se alejaban de la base, un satélite en órbita detectó un pulso electromagnético proveniente del cilindro. El mundo acababa de cambiar, y ninguna superpotencia iba a ignorarlo.

Capítulo 3: El Secreto de las Pirámides

El rugido de la avioneta sacudía los oídos de Samuel y Aiko mientras atravesaban el Atlántico. Dante pilotaba con precisión, esquivando las rutas de radar de las grandes potencias.

—¿A dónde vamos? —preguntó Aiko, aún abrazada al cilindro.

Dante no apartó la vista de los controles.

—A Egipto.

Samuel frunció el ceño.

—¿Por qué allí?

Dante sacó un viejo archivo clasificado y se lo arrojó.

—Porque no es la primera vez que encuentran algo así.

Samuel abrió el informe y sintió un escalofrío. Fotografías de 1922 mostraban una cámara secreta bajo la Gran Pirámide de Guiza. En una de las imágenes, se veía un objeto idéntico al cilindro.

—Los egipcios no construyeron las pirámides solo como tumbas —murmuró Dante—. Fueron diseñadas para proteger algo.

Aiko deslizó su portátil sobre sus piernas.

—Antes de huir, logré descifrar parte del mensaje activado en la base. Había coordenadas. Todas apuntaban a monumentos antiguos: Guiza, Teotihuacán, Stonehenge...

Samuel apretó el cilindro.

—Entonces debemos ir a Guiza antes de que alguien más llegue primero.

Dante asintió.

—Demasiado tarde. El Eclipse ya está allí.

Horas después, sobre el desierto egipcio...

La avioneta aterrizó en una pista improvisada. Se camuflaron entre los turistas y se dirigieron a la Gran Pirámide.

—El acceso a la cámara subterránea está sellado —dijo Aiko.

Dante sonrió y sacó un explosivo compacto.

—No por mucho tiempo.

Una pequeña detonación reveló un pasadizo oculto. Bajaron con linternas y encontraron una cámara con inscripciones extrañas en las paredes.

—Esto no es egipcio... —susurró Samuel.

En el centro, otro cilindro, idéntico al que encontraron en la Antártida. Aiko se acercó y lo tocó. De inmediato, ambos cilindros comenzaron a vibrar.

Capítulo 4: La Verdad en las Sombras

El suelo tembló levemente cuando los dos cilindros comenzaron a resonar al unísono. Samuel y Aiko retrocedieron mientras Dante desenfundaba su arma, listo para cualquier eventualidad.

De pronto, las inscripciones en las paredes se iluminaron con un resplandor azul, formando patrones complejos que se reorganizaban a medida que los cilindros vibraban.

—Es un sistema de activación... —susurró Aiko, grabando el fenómeno con su portátil.

Samuel se acercó, observando los símbolos. Eran una combinación de jeroglíficos egipcios, sumerios y algo más... algo que no pertenecía a ninguna cultura conocida.

—Esto no fue escrito por humanos —murmuró.

Un sonido metálico los hizo girar de golpe. Un grupo de soldados de El Eclipse apareció en la entrada, armas en mano.

—Bajen las armas —ordenó una voz gélida.

Lucien Kross emergió entre las sombras, con una sonrisa tranquila.

—Sabíamos que vendrían aquí —dijo, caminando con calma hacia el cilindro—. Siempre es igual: los ingenuos encuentran una pieza del rompecabezas y creen que tienen el control.

Dante apuntó su pistola a Kross.

—Si realmente supieras lo que es esto, no estarías tan tranquilo.

Kross inclinó la cabeza con arrogancia.

—Sé exactamente lo que es. El Código del Génesis.

Samuel sintió un escalofrío.

—¿Cómo lo sabes?

Kross sonrió.

—Porque nosotros llevamos siglos protegiéndolo.

Capítulo 5: El Primer Portal – Egipto

El Eclipse los llevó fuera de la pirámide y los metió en un convoy blindado. Mientras atravesaban el desierto, Kross explicó:

—Las antiguas civilizaciones no construyeron estos monumentos por simple devoción a sus dioses. Fueron advertidas de algo, y su única opción fue preservar el conocimiento para cuando llegara el momento adecuado.

Aiko lo miró con escepticismo.

—¿Quién los advirtió?

Kross la observó en silencio por un momento antes de responder.

—Ellos.

Dante frunció el ceño.

—¿Quiénes son "ellos"?

Kross sonrió, pero no respondió. En cambio, miró a Samuel.

—Ustedes ya activaron la primera secuencia. Ahora es solo cuestión de tiempo antes de que los demás "guardianes" respondan.

Samuel sintió un sudor frío.

—¿Guardianes?

—Los que pusieron este código en la Tierra en primer lugar.

Un fuerte estruendo sacudió el convoy. Afuera, una columna de fuego iluminó el cielo nocturno.

Dante aprovechó la distracción para atacar a los guardias y liberar a Samuel y Aiko. Entre el caos, lograron escapar y robar un todoterreno, acelerando hacia el Cairo mientras veían cómo el cielo se llenaba de luces anómalas.

—¡Dios santo! —exclamó Aiko, observando las señales en los satélites. Algo se estaba despertando en distintos puntos del planeta.

Samuel miró el cilindro en sus manos y comprendió la aterradora verdad.

Habían activado algo que no podían detener.

Capítulo 6: La Traición

El todoterreno avanzaba a toda velocidad por las calles del Cairo. Aiko miraba con el ceño fruncido las señales satelitales en su portátil.

—Las coordenadas están cambiando —dijo—. Algo o alguien está reconfigurando la activación del Código.

Samuel apretó el cilindro entre sus manos.

—¿Qué significa eso?

—Que no somos los únicos interfiriendo con esto —respondió Aiko—. Y si alguien más tiene acceso a la secuencia, podrían terminar lo que empezamos.

Dante, al volante, resopló.

—Genial. Y nosotros corriendo como ratas mientras el mundo se cae a pedazos.

De repente, un disparo impactó en el parabrisas. Dante giró el volante con fuerza, evitando que el vehículo se volcara.

Helicópteros negros sobrevolaban la zona.

—¡Nos encontraron! —gritó Samuel.

Los soldados de El Eclipse descendieron con rapidez. No estaban solos.

—¡Mierda! —susurró Dante.

Entre los soldados apareció una figura inesperada. Un agente del servicio de inteligencia de EE.UU.

Aiko lo reconoció al instante.

—Coronel Ethan Graves.

El hombre sonrió con frialdad.

—Varela, debiste habernos entregado el cilindro cuando tuviste la oportunidad.

Dante miró a Samuel y Aiko con una expresión de culpa.

Samuel lo entendió al instante.

—Nos vendiste.

Dante apretó la mandíbula.

—No tenía opción. Todos lo quieren.

Graves alzó la mano.

—Entréguennos el cilindro y podrán salir vivos de aquí.

Samuel miró a Aiko.

—No podemos hacerlo.

Aiko asintió.

—Si completan la activación, la humanidad podría...

Un rugido ensordecedor interrumpió la conversación.

El suelo se sacudió con fuerza y, desde el cielo, un pilar de luz descendió sobre las ruinas de una antigua tumba egipcia.

Los soldados se giraron, atónitos. Graves retrocedió.

Dante aprovechó la confusión para sacar su arma y disparar a los generadores de los helicópteros. Una explosión iluminó la noche.

—¡Corran! —gritó.

Samuel y Aiko no dudaron. Tenían que encontrar el siguiente cilindro antes que ellos.

La carrera por el Código del Génesis acababa de volverse aún más peligrosa.

Capítulo 7: La Conspiración de las Superpotencias

El Cairo estaba en caos. Explosiones, sirenas y helicópteros iluminaban la noche mientras Samuel y Aiko corrían por los callejones, con el cilindro fuertemente sujeto en sus manos.

—¿A dónde vamos ahora? —preguntó Samuel, jadeando.

Aiko revisó su portátil mientras corrían.

—El pulso electromagnético del cilindro activó otra ubicación... México.

—¿Teotihuacán? —preguntó Samuel, recordando las antiguas coordenadas.

Aiko asintió.

—Exacto. Algo está enterrado bajo la Pirámide del Sol. Y si lo activamos antes que ellos, podemos descubrir qué es realmente el Código del Génesis.

Dante apareció detrás de ellos, ensangrentado pero aún en pie.

—Tenemos que salir de Egipto ahora —gruñó—. No solo nos persigue El Eclipse, sino que el gobierno egipcio y la OTAN ya están en alerta.

Samuel sintió un escalofrío. Las superpotencias del mundo estaban al tanto del Código.

—Esto es más grande de lo que imaginamos —susurró—. No es solo una carrera entre grupos secretos… es una lucha global.

Dante los llevó hasta una vieja pista de aterrizaje donde los esperaba un avión de carga clandestino.

—Suban. Si vamos a México, debemos llegar antes que los demás.

Mientras el avión despegaba, Samuel miró por la ventanilla. En el horizonte, el cielo sobre Egipto seguía iluminado por un misterioso resplandor.

Algo estaba despertando.

Y ellos estaban en el centro de todo.

Capítulo 8: La Ciudad de los Dioses

El avión de carga volaba sobre el Atlántico en modo sigiloso, evitando los radares de las potencias que ahora estaban en alerta máxima. Samuel, Aiko y Dante revisaban la información obtenida en Egipto.

—La Pirámide del Sol en Teotihuacán ha sido un misterio por siglos —dijo Aiko, mostrando un mapa digital—. Sus túneles subterráneos nunca fueron explorados completamente.

Dante frunció el ceño.

—¿Y crees que el siguiente cilindro está ahí?

Samuel asintió.

—No es coincidencia que estos lugares estén alineados con constelaciones específicas. Alguien diseñó este sistema a escala planetaria.

Aiko tecleó en su computadora.

—No solo eso... hay actividad militar en la zona. El gobierno mexicano, la CIA y una organización desconocida están movilizándose hacia Teotihuacán.

Dante golpeó la pared del avión.

—Lo que nos faltaba.

Samuel se frotó la sien.

—Si el Código del Génesis es lo que creemos que es... todas las potencias van a quererlo.

El piloto avisó desde la cabina:

—Estamos descendiendo. Prepárense.

Horas después, en Teotihuacán...

El equipo se infiltró en la zona arqueológica de noche. Desde lo alto de la Pirámide de la Luna, observaron los campamentos militares alrededor de la Pirámide del Sol.

—No será fácil entrar —susurró Aiko.

Dante sacó un pequeño detonador.

—Nada es fácil en nuestro trabajo.

Una explosión en un sector alejado distrajo a los soldados. Era su oportunidad.

Samuel y Aiko descendieron por un acceso oculto hasta un túnel subterráneo.

—Aquí es… —murmuró Aiko, iluminando con su linterna una puerta de piedra con inscripciones similares a las de Egipto.

Samuel acercó el cilindro y, de inmediato, la puerta comenzó a abrirse sola.

Dante los alcanzó justo a tiempo.

—Rápido. No somos los únicos aquí.

Los tres entraron y la puerta se cerró detrás de ellos.

Adentro, una cámara oculta reveló una antigua mesa de piedra... y otro cilindro en su centro.

Aiko tragó saliva.

—Estamos a punto de descubrir la verdad.

Samuel extendió la mano para tocar el cilindro, pero en ese

momento, una voz resonó en la oscuridad.

—Llegan tarde.

De entre las sombras emergió Lucien Kross, acompañado de soldados armados.

Samuel sintió un nudo en el estómago. Habían caído en una trampa.

Capítulo 9: El Tercer Sello

Samuel, Aiko y Dante quedaron inmóviles mientras Lucien Kross avanzaba lentamente por la cámara subterránea.

—No se sientan tan especiales —dijo con una sonrisa—. Siempre supimos que vendrían aquí.

Los soldados del Eclipse levantaron sus armas. No había escapatoria.

Samuel apretó los puños.

—Si sabían que vendríamos, ¿por qué no tomaron el cilindro antes?

Lucien observó la mesa de piedra donde el segundo cilindro brillaba con una luz tenue.

—Porque solo ustedes pueden activarlo.

Aiko frunció el ceño.

—¿Nos estás diciendo que...?

Lucien asintió.

—No cualquiera puede acceder al Código del Génesis. Solo aquellos con el marcador genético correcto.

Samuel sintió un escalofrío.

—¿Cómo lo sabes?

Lucien sonrió con calma.

—Porque ya hemos encontrado a otros como ustedes.

Dante dio un paso adelante.

—¿Otros?

Lucien inclinó la cabeza.

—No son los primeros en esta búsqueda. Ha habido otros en el pasado... exploradores, científicos, incluso ciertos líderes mundiales. Pero ustedes son los primeros en activar los cilindros.

Samuel tragó saliva.

—¿Qué significa eso?

Lucien sacó un dispositivo y lo activó. El cilindro en la mesa respondió, iluminándose intensamente.

—Significa que estamos más cerca que nunca.

De pronto, las paredes comenzaron a temblar. Las inscripciones en la piedra se iluminaron con un resplandor azul, y el suelo bajo sus pies vibró.

—¡¿Qué hiciste?! —gritó Aiko.

Lucien sonrió.

—Activar el tercer sello.

De repente, un rayo de energía se disparó desde la cámara subterránea hacia el cielo. Satélites en órbita detectaron

Capítulo 10: La Resurrección de la Máquina

El estruendo de la explosión dejó a Samuel aturdido. El techo de la cámara subterránea se estaba derrumbando. A su lado, Aiko tosía, cubierta de polvo, mientras Dante intentaba levantarse con dificultad.

—¡Tenemos que salir de aquí! —gritó Aiko.

Samuel miró alrededor. Lucien Kross y sus soldados habían desaparecido.

—¡Ese bastardo nos dejó atrapados!

De pronto, el segundo cilindro, ahora completamente activado, emitió un pulso de energía que recorrió las paredes de la cámara. Las inscripciones comenzaron a moverse, reorganizándose en patrones desconocidos.

—Esto no es normal… —susurró Aiko.

El suelo tembló de nuevo y, en el centro de la sala, una plataforma oculta comenzó a elevarse. Lo que emergió dejó a los tres sin palabras.

Una gigantesca estructura mecánica, antigua pero avanzada, cubierta de símbolos desconocidos.

Dante dio un paso atrás.

—Dios santo… ¿qué demonios es eso?

Aiko revisó los datos en su portátil con desesperación.

—No puede ser... Esto es...

Samuel la miró fijamente.

—¿Qué es?

Aiko levantó la vista, con el rostro pálido.

—Una máquina. Un dispositivo creado hace miles de años.

El cilindro en sus manos vibró y, de repente, una voz resonó en la sala.

—Tercer sello activado. Procediendo a la restauración del sistema.

Samuel sintió un escalofrío.

—¿Restauración? ¿De qué?

Antes de que alguien pudiera responder, la estructura mecánica cobró vida. Grabados antiguos comenzaron a iluminarse, y mecanismos ocultos giraron en una secuencia perfecta.

Aiko miró los datos en su pantalla y su expresión se tornó de terror.

—¡Está enviando una señal al espacio!

Samuel sintió que la sangre se le helaba.

—¿A quién?

Antes de que Aiko pudiera responder, un eco profundo resonó en el interior de la pirámide, como si algo más estuviera despertando.

Dante apuntó su arma hacia la máquina.

—Esto no es solo un código... es un llamado.

Y alguien, en algún lugar del universo, estaba escuchando. la anomalía, y en distintas partes del mundo, otras ruinas antiguas comenzaron a responder.

Samuel miró a Aiko con pánico.

—No solo activamos este sitio... hemos despertado algo en todo el planeta.

Dante desenfundó su arma, pero Lucien ni siquiera se inmutó.

—Nos vemos en el siguiente punto, amigos —dijo, pulsando un botón en su muñeca.

Antes de que pudieran reaccionar, una explosión los lanzó por los aires.

Todo se volvió oscuridad.

Capítulo 11: Contacto con lo Desconocido

El eco metálico dentro de la pirámide creció hasta convertirse en un zumbido ensordecedor. La gigantesca máquina ancestral seguía activándose, y las inscripciones en sus placas brillaban con una intensidad imposible.

Aiko tamborileaba frenéticamente sobre su portátil.

—La señal sigue aumentando... Se está transmitiendo en múltiples frecuencias... ¡No es solo un mensaje! Es un código de acceso.

Samuel sintió un escalofrío.

—¿Acceso a qué?

Dante se mantenía en guardia, su arma en alto.

—Sea lo que sea, no quiero quedarme para averiguarlo.

Pero antes de que pudieran moverse, la luz en la cámara cambió. El resplandor azul se volvió de un tono dorado, y el aire pareció volverse más pesado.

—Esto no es normal... —susurró Samuel.

Entonces ocurrió.

El espacio frente a ellos se distorsionó, como si la realidad misma estuviera siendo doblada y reconfigurada.

Un vórtice de energía se formó en el aire, y a través de él, se vislumbró una silueta imponente y desconocida.

Aiko jadeó.

—No puede ser...

Dante maldijo entre dientes.

—¡Nosotros no estamos enviando un mensaje! Alguien nos está respondiendo.

La figura dentro del vórtice pareció moverse. Era alta, con extremidades alargadas y un brillo pulsante recorriendo su cuerpo, como si estuviera hecha de pura energía.

Entonces, habló.

—Los Guardianes han despertado. El Juicio ha comenzado.

El eco de la activación del tercer sello aún retumbaba en la pirámide cuando el cielo sobre Teotihuacán se iluminó con un resplandor antinatural. Samuel, Aiko y Dante observaron con el corazón acelerado cómo un patrón geométrico se formaba en la atmósfera, como si la señal enviada por la máquina estuviera generando una respuesta inmediata.

—Esto no es solo un mensaje —
dijo Aiko con la voz temblorosa—
. Es una coordenada.

Samuel la miró confundido.

—¿Coordenada? ¿Para qué?

Aiko tragó saliva.

—Para algo que viene hacia aquí.

De pronto, el aire se cargó de
electricidad estática. Las brújulas,
los relojes digitales y los
dispositivos electrónicos en la
base militar cercana comenzaron
a fallar. En cuestión de segundos,
los sistemas de defensa de los

gobiernos del mundo detectaron una anomalía sin precedentes: un objeto descendiendo desde fuera de la órbita terrestre.

—¡Nos van a encontrar aquí! —gritó Dante, mirando los helicópteros que se movilizaban en dirección a la pirámide.

Samuel miró el cilindro en su mano y luego la estructura mecánica que seguía vibrando.

—No podemos irnos. Tenemos que ver qué sucede.

Entonces ocurrió.

Un rayo de luz descendió desde el cielo y golpeó la máquina en el centro de la pirámide. El impacto creó un campo de energía que se expandió en un radio de varios kilómetros, desactivando temporalmente toda tecnología humana en la zona.

Dante cayó de rodillas, cubriéndose la cabeza.

—¡Nos van a matar!

Pero en lugar de una explosión, lo imposible sucedió.

Una figura comenzó a materializarse en el interior de la estructura mecánica.

Aiko contuvo la respiración.

—Dios mío… no estamos solos.

La luz se disipó lentamente, revelando una silueta humanoide, alta, envuelta en una armadura translúcida. Sus ojos brillaban con una inteligencia antigua, más allá de la comprensión humana.

Samuel sintió un escalofrío. El Código del Génesis no era solo un mensaje…

Era una llave.

Y lo que había despertado llevaba milenios esperando.

Capítulo 12: El Guardián del Código

La figura ante ellos flotaba en el aire, una mezcla de energía pura y materia desconocida. El resplandor dorado que emanaba de su ser iluminaba la cámara con una intensidad cegadora, pero lo más aterrador era la sensación de inmenso poder que rodeaba la presencia de la entidad.

Samuel, Aiko y Dante se quedaron paralizados, incapaces de apartar la mirada de los ojos brillantes de la criatura. Era como si el tiempo mismo se hubiera detenido.

Finalmente, la figura habló, su voz resonó en sus mentes, como si estuviera directamente conectada con sus pensamientos.

—Habéis activado la llamada del Código. El Juicio del Génesis ha comenzado.

El aire se volvió aún más denso, cargado de una energía casi palpable. Samuel sintió una presión en el pecho, como si el mismo universo estuviera esperando su respuesta.

Aiko, sin poder evitarlo, dio un paso adelante.

—¿Qué es este Juicio? ¿Qué significa todo esto? —preguntó, su voz temblorosa pero desafiante.

La figura se inclinó ligeramente, observándolos con lo que parecía ser una mezcla de curiosidad y respeto.

—El Código del Génesis es más que un simple mensaje o un

artefacto. Es la llave para restaurar el equilibrio del cosmos. Aquellos que activan sus sellos son elegidos, pero también deben ser juzgados.

Samuel sintió un nudo en el estómago.

—¿Restaurar el equilibrio del cosmos? ¿Nos estás diciendo que el Código tiene el poder de cambiar el curso de toda la humanidad?

La criatura asintió lentamente.

—El Código fue creado por seres de una civilización antigua, los

Arquitectos, que vinieron a la Tierra antes de que los humanos existieran. Ellos trajeron consigo el poder de reconfigurar el tejido mismo de la realidad. Pero en su última creación, el Juicio, se decidió que solo los más dignos podrían usar tal poder.

Dante, que había estado en silencio hasta ese momento, dio un paso adelante, su voz cargada de incredulidad.

—¿Y por qué no nos lo dijeron antes? ¿Por qué jugamos a ser los elegidos sin saber lo que estábamos activando?

—Porque el conocimiento no es para todos. Solo los que están destinados a comprenderlo lo harán. —La figura hizo una pausa, como si sopesara sus palabras—. El Juicio del Génesis no solo prueba el coraje de quienes lo buscan, sino también su capacidad de manejar lo que está por venir.

La presión en la sala aumentó. Aiko empezó a sudar, mientras que Samuel sentía su mente invadida por miles de pensamientos y preguntas.

—El Juicio no puede ser detenido. Está en marcha, y ya no hay vuelta atrás.

Un destello de luz iluminó la cámara, y de repente, un mapa estelar se desplegó ante ellos, mostrando puntos brillantes en todo el planeta. Cada uno de esos puntos representaba un lugar antiguo, un sitio de poder.

—Los elegidos deben recorrer el mundo, activar los sellos restantes y completar el Código. Solo entonces la humanidad podrá conocer su verdadero destino. Si falláis, el juicio será severo y la humanidad sufrirá una caída irreversible.

Dante, respirando agitadamente, miró a Samuel.

—¿Y qué pasa si no lo completamos?

La figura suspiró, una vibración sutil recorriendo el aire.

—Si no completáis la activación, la Tierra entrará en un ciclo de destrucción. El Código asegura que el planeta permanezca en equilibrio con el cosmos, pero solo los seres elegidos pueden evitar su colapso.

Aiko, con los ojos desorbitados, miró a Samuel.

—No tenemos opción... tenemos que continuar.

La criatura asintió solemnemente.

—Habéis sido marcados. El destino de todos los mundos está ahora entrelazado con el vuestro.

Samuel, mirando el mapa estelar, sintió el peso del universo sobre sus hombros. El Juicio había comenzado, y no había marcha atrás.

Capítulo 13: La Carrera Contra el Tiempo

El resplandor del mapa estelar comenzó a desvanecerse, dejando a Samuel, Aiko y Dante con una sensación de urgencia palpable. Las palabras del Guardián resonaban en sus mentes como un eco interminable: "El destino de todos los mundos está entrelazado con el vuestro."

Aiko cerró los ojos por un momento, respirando profundamente para calmarse.

—Tenemos que movernos rápido. —dijo, mirando a los dos hombres—. Los puntos en el mapa no son solo sitios antiguos. Son lugares donde los sellos del Código deben ser activados. Si no llegamos antes que ellos...

Samuel asintió, comprendiendo lo que no decía.

—Ellos no van a detenerse. Lucien, el Eclipse... Todos quieren el Código para sí mismos. Y si completan el Juicio, no hay forma de que la humanidad sobreviva a lo que viene.**

Dante, siempre el pragmático, sacó su teléfono y miró las coordenadas que la máquina había transmitido al mundo.

—Miremos lo que tenemos. —dijo, revisando los mapas digitales—. Hay tres lugares clave donde los sellos deben ser activados. Uno está en China, otro en la selva amazónica, y el último… —miró con seriedad a Samuel—, en la Antártida.

Samuel sintió un estremecimiento.

—¿La Antártida?

Aiko asintió.

—Sí, y no será fácil llegar allí. Además, hay más. Los puntos están sincronizados. Si no activamos los sellos en el orden correcto, todo se colapsará antes de que podamos hacer nada.

La presión se hacía cada vez más fuerte, y Samuel comprendió lo que estaba en juego. La humanidad estaba al borde de la destrucción.

—Entonces no hay tiempo que perder. —dijo con determinación—. Tenemos que ir a esos lugares ahora. Y debemos hacerlo antes de que el Eclipse nos adelante.

En una base secreta del gobierno en la Antártida, Lucien Kross observaba en silencio un holograma de los puntos de activación. El mapa estelar proyectado en el aire brillaba con fuerza.

—Ya están en movimiento. —dijo Lucien, su tono grave. A su lado, uno de los científicos del Eclipse lo miró, preocupado—. ¿Crees que lograrán llegar a todos los sellos?

Lucien sonrió con malicia.

—No lo sé, pero no necesitamos todos los sellos. Con uno, podemos activar el Código y... —hizo una pausa, disfrutando del momento—. El poder será nuestro.

Pero uno de sus oficiales entró rápidamente en la sala, con el rostro pálido.

—Señor... —dijo, casi sin aliento—, el vórtice de energía que activaron los elegidos... está aumentando. Ya no podemos controlarlo.

Lucien frunció el ceño.

—¿Qué quieres decir con que no podemos controlarlo?

El oficial explicó rápidamente.

—El Juicio está acelerando el proceso. Si no detenemos a los elegidos antes de que lleguen a todos los sellos, el Código se activará y el equilibrio del mundo cambiará para siempre.

Lucien no pudo evitar sonreír.

—Deja que el Juicio siga su curso. Si fallan, todo será nuestro.

Mientras tanto, en una antigua ciudad china, Samuel, Aiko y Dante se preparaban para el primer punto. La lucha por el destino del planeta acababa de comenzar, y no había vuelta atrás.

Samuel miró a sus compañeros, con el corazón acelerado.

—Este es solo el principio. Vamos a necesitar todo lo que tenemos para detenerlos.

Aiko asintió, mirando hacia el horizonte.

—Y tenemos que hacerlo rápido. El tiempo se agota.

La carrera contra el tiempo había comenzado. El Juicio no perdonaría a nadie.

Capítulo 14: La Prueba del Corazón

El sol estaba comenzando a ponerse cuando Samuel, Aiko y Dante llegaron a la antigua ciudad de Xi'an, donde el primer sello debía ser activado. La atmósfera era densa, casi como si la ciudad estuviera esperando que algo monumental sucediera. Los tres se adentraron en las ruinas del

Templo de la Serpiente, un lugar sagrado desde tiempos inmemoriales, donde se decía que los dioses del cielo habían dejado un legado para aquellos lo suficientemente dignos de entenderlo.

—Este es el primero. —Aiko señaló un altar cubierto por enredaderas y polvo—. Aquí es donde el primer sello debe ser activado.

Dante observaba con cautela.

—No tenemos tiempo para ceremonias. ¿Dónde está el sello?

Aiko se agachó y comenzó a examinar las piedras en el altar. El templo era más grande de lo que parecía desde fuera, y todo estaba cubierto por símbolos arcanos que brillaban tenuemente con una energía desconocida. Al observar más de cerca, Aiko encontró una piedra que sobresalía ligeramente, diferente a las demás.

—Este es el primero. —dijo, tocando la piedra con una mano temblorosa—. El Código no miente.

De repente, un retumbar profundo sacudió el suelo bajo

sus pies. Las paredes del templo se abrieron lentamente, revelando una cámara oculta. Dentro de ella, una figura oscura y vestida con una capa negra apareció de entre las sombras. Lucien Kross.

—Sabía que llegaríais primero, pero no creí que fuera tan fácil. —dijo Lucien, sus ojos brillando con frialdad.

Samuel y Dante se pusieron en alerta, mientras Aiko miraba a Lucien con una mezcla de incredulidad y desesperación.

—¡No puedes detenernos, Lucien! Este es el primer sello. Ya está sellado el destino del Juicio.

Lucien rió suavemente.

—El destino del Juicio no se decide por el que llegue primero. —dijo, levantando una mano hacia el altar—. Es la prueba del corazón lo que determinará si el Código puede ser completado.

De repente, el altar comenzó a vibrar, y las paredes de la cámara emitieron un zumbido bajo. Una luz cegadora emergió de la piedra que Aiko había tocado, y las inscripciones en el suelo comenzaron a brillar intensamente. Samuel sintió una presión en su pecho. El Código estaba reaccionando.

Aiko dio un paso atrás, alarmada.

—¡No lo hagas, Lucien! ¡Este es nuestro único camino!

Pero Lucien no la escuchó. Su rostro estaba imperturbable, sus ojos llenos de una mezcla de ambición y conocimiento oscuro.

—La prueba del corazón está a punto de comenzar. —dijo, su voz resonando como un eco en la cámara—. Solo los elegidos podrán soportarla. Y tú, Samuel, tendrás que enfrentarte a tu propio corazón.

De repente, un abismo de oscuridad se abrió ante ellos. Samuel sintió una fuerza invisible tirando de él, llevándolo a una visión de su pasado. El Código había comenzado su juicio.

Dentro del abismo, Samuel vio la imagen de su madre. Ella estaba sonriendo, pero su rostro estaba distorsionado por una sombra oscura. Las palabras de su madre resonaban en su mente.

—¿Crees que estás listo para esto, Samuel? ¿Para cargar con todo el peso del destino?

Samuel intentó avanzar, pero una fuerza lo retenía. Miró alrededor, y vio las caras de las personas que había perdido en su vida. Cada error, cada decisión equivocada, aparecía ante él como un juicio.

—Eres débil, Samuel. No mereces el poder del Código.

El abismo se cerró lentamente, y Samuel, de rodillas, comenzó a sentirse más débil. Su corazón estaba siendo puesto a prueba.

En ese momento, una luz brilló intensamente en su pecho. Una energía cálida lo envolvió, como si todo el peso del universo se aligerara. Un susurro resonó en su mente.

Capítulo 15: El Despertar del Elegido

Samuel sintió el calor envolviéndolo, como si una fuerza desconocida lo estuviera protegiendo de la oscuridad. El susurro en su mente se hizo más claro.

—Eres más fuerte de lo que crees. No eres solo un portador del

Código... eres su verdadero guardián.

De repente, el abismo desapareció, y Samuel abrió los ojos en el templo. Aún estaba de rodillas, pero algo en él había cambiado.

Lucien lo observaba con una mezcla de sorpresa y desprecio.

—Así que has sobrevivido a la Prueba del Corazón... interesante.

Samuel se puso de pie con determinación.

—No solo la sobreviví, Lucien. La comprendí.

Aiko y Dante lo miraban con asombro. La luz que había envuelto a Samuel no desapareció por completo. Ahora, su cuerpo irradiaba un leve resplandor dorado.

Aiko susurró:

—Samuel... ¿qué pasó allí dentro?

Samuel respiró hondo.

—El Código no es solo una herramienta de poder. Es una prueba de dignidad. Solo aquel que logre comprender su propósito real podrá completarlo.

Lucien apretó los dientes.

—No importa. Aún quedan más sellos. Y créeme, Samuel... en el siguiente no tendrás tanta suerte.

Antes de que pudieran reaccionar, Lucien presionó un dispositivo en su muñeca y desapareció en una ráfaga de energía oscura.

Dante maldijo entre dientes.

—Maldito cobarde...

Pero Aiko no apartaba la vista de Samuel.

—Samuel... —dijo en voz baja—. ¿Por qué sigues brillando?

Samuel miró sus manos. La energía dorada aún fluía a través de su piel. El Código había despertado algo en él.

—No lo sé... pero creo que ahora entiendo lo que debemos hacer.

Aiko asintió lentamente.

—Entonces vámonos. El segundo sello nos espera.

Dante chasqueó los dedos.

—Próxima parada: la selva amazónica.

Sin perder más tiempo, el equipo abandonó el templo. El Juicio no había terminado... y el verdadero desafío estaba a punto de comenzar.

Capítulo 16: La Sangre de los Antiguos

El aire húmedo y denso de la selva amazónica golpeó a Samuel, Aiko y Dante cuando aterrizaron en la pequeña pista improvisada que había cerca de una aldea indígena olvidada. El segundo sello estaba cerca, pero sabían que el viaje sería aún más peligroso que el primero. La jungla parecía viva, con cada hoja, cada árbol, respirando una antigua energía de poder y misterio.

Aiko, con una expresión decidida, se adelantó.

—Este es el lugar. El Código no miente. —dijo mientras miraba a su alrededor.

Dante se ajustó la mochila y observó a su alrededor, consciente de lo frágil que era la línea entre la supervivencia y la muerte en este territorio.

—Cualquier cosa podría atacarnos aquí. Y si los elegidos del Eclipse nos alcanzan, no nos detendremos hasta que activemos el sello.

El equipo comenzó a adentrarse en la espesura de la selva. La vegetación era impenetrable y el sonido de la fauna local vibraba en el aire. Samuel no podía dejar de sentir que algo los observaba.

De repente, el suelo comenzó a temblar levemente. Samuel se

detuvo, escuchando con atención.

—¿Lo escuchan?

Un sonido sordo y profundo vino de la jungla, como si algo gigante estuviera acercándose. Aiko miró a su alrededor, buscando alguna señal, mientras Dante sostenía una pistola con los dedos temblando.

De la espesura emergió una figura humanoide, envuelta en una capa de hojas y barro, con una máscara ritual ancestral adornada con plumas. El hombre parecía un guerrero antiguo, pero su mirada reflejaba un conocimiento mucho más allá de cualquier ser humano común.

—Los guardianes del sello no permiten el paso de los que no comprenden la voluntad de los Antiguos.

Aiko dio un paso adelante.

—Estamos aquí para activar el segundo sello. Sabemos lo que debemos hacer.

El guerrero la miró fijamente.

—No sois los primeros que buscan el poder del Código. —dijo

con voz grave, mientras se acercaba lentamente—. Muchos antes que vosotros intentaron, pero no todos sobrevivieron al ritual.

Dante se adelantó, con la mano en su arma.

—¿Qué quieres decir? ¿Nos vas a atacar?

El guerrero levantó la mano y la jungla a su alrededor pareció estremecerse. Las raíces de los árboles comenzaron a moverse, como si tuvieran vida propia.

—Si queréis activar el sello, debéis enfrentar la prueba de los Antiguos. Solo los más dignos serán permitidos a continuar.

Con un gesto, las raíces del suelo se levantaron hacia el cielo, creando un círculo de poder alrededor de ellos.

—La sangre de los Antiguos corre por las venas de esta tierra. Si deseáis el poder del Código, debéis demostrar que estáis dispuestos a sacrificarlos.

El guerrero desapareció en la oscuridad de la selva, dejándolos dentro del círculo de raíces. La tierra comenzó a temblar con más fuerza. La selva misma se estaba preparando para la prueba.

Samuel miró a sus compañeros.

—¿Qué quiere decir con sacrificarlos?

Aiko parecía entender algo más profundo, como si las palabras del guerrero resonaran en una antigua memoria olvidada.

—El Código no se obtiene sin un precio. —dijo, con la voz sombría—. El sacrificio de algo invaluable será necesario para activar el sello.

De repente, una vibración eléctrica recorrió el aire, y la jungla comenzó a cambiar. Las sombras de los árboles parecían alargarse, y de las profundidades de la selva, figuras sombrías comenzaron a emerger. Eran seres de humo y oscuridad, criaturas de una época olvidada, que se acercaban con pasos sigilosos, esperando a probar su valentía.

—Demuestra que eres digno, Samuel. —susurró una de las criaturas, con una voz etérea y extraña.

El equipo estaba rodeado, sin forma de escapar. El sacrificio comenzaba.

Capítulo 17: La Luz del Sacrificio

El aire en la selva parecía volverse más espeso a medida que las criaturas sombrías rodeaban al equipo. La tensión era palpable, y Samuel podía sentir cómo la presión del juicio lo aplastaba. Las criaturas no eran solo sombras; eran manifestaciones del pasado, guardianes de un poder ancestral que no estaba dispuesto a ceder sin una prueba.

Aiko miró a su alrededor, evaluando las figuras con una calma tensa. El sacrificio debía ser algo más que físico; era algo profundamente conectado con sus almas.

—Samuel... —dijo Aiko en voz baja—. No sé si estamos listos para esto.

Samuel sintió que su corazón latía con fuerza. La jungla se cerraba alrededor de ellos, y las criaturas de humo se acercaban cada vez más.

—No tenemos opción. Debemos pasar la prueba. —respondió con determinación.

De repente, una de las criaturas habló, su voz resonando en sus mentes.

—Cada uno de vosotros debe dar algo que valore más que su propia vida. Solo así, el sello será activado.

Samuel tragó saliva, sabiendo lo que esto significaba. Miró a sus compañeros, sin poder escapar de la cruda verdad. La prueba no solo se trataba de poder físico o habilidades; era un desafío al corazón mismo de cada uno de ellos.

La criatura se acercó más, tocando ligeramente el aire, y un brillo oscuro apareció en su mano.

—¿Qué estáis dispuestos a perder?

El viento comenzó a levantarse, arrastrando hojas y polvo por el suelo, creando una tormenta de energía. El sacrificio comenzaba.

Aiko miró al suelo, como si estuviera tratando de encontrar una respuesta, mientras Samuel sentía cómo el peso del destino caía sobre él. El Código exigía algo que no podían controlar.

Finalmente, Aiko levantó la cabeza, con los ojos brillando con determinación.

—Lo sé. El sacrificio es el corazón de nuestra misión. —dijo, mirando a Samuel y Dante. Podemos morir en esta prueba, pero no perderemos lo que somos.

Dante, normalmente implacable, parecía vacilante. Su rostro mostraba una mezcla de temor y resolución.

—Yo... —dijo lentamente—. Estoy dispuesto a perder todo lo que tengo. Lo que importa es la misión.

Samuel sintió que el peso de sus decisiones se multiplicaba. ¿Qué estaba dispuesto a perder él? Su vida, su alma, o algo más profundo aún. El Código pedía algo más que sacrificios tangibles; pedía un sacrificio en lo más profundo de su ser.

En ese momento, el resplandor dorado que lo rodeaba brilló intensamente, como si el Código lo estuviera eligiendo.

La criatura levantó su mano, como si esperara una señal, y las raíces a su alrededor se levantaron del suelo, creando una escalera de energía pura.

—Sube, si eres digno. La luz del sacrificio te llevará al siguiente paso.

Samuel miró a sus compañeros, y sin pensarlo, comenzó a subir la escalera de energía, cada paso resonando en su alma. Al llegar al final, vio una piedra con inscripciones del Código en su base. Un brillo dorado emergió de la piedra, iluminando toda la selva, creando una atmósfera etérea, casi celestial.

El aire se llenó de energía, y el sello comenzó a activarse. Pero mientras el resplandor alcanzaba su punto máximo, una sombra se alzó frente a Samuel.

Era Lucien Kross, su figura envuelta en una capa oscura.

—¿Crees que el sacrificio te hará más fuerte, Samuel? El poder del Código no puede ser controlado por tus emociones. —dijo Lucien, con una sonrisa cruel.

Samuel lo miró fijamente, el brillo de su luz dorada desafiando la oscuridad de Lucien.

—Lo que no entiendes es que el poder del Código no se trata de control. —respondió Samuel, con una voz firme y clara. Es el sacrificio lo que nos da fuerza.

Lucien dio un paso hacia él, pero antes de que pudiera hacer nada, el sello se activó por completo, liberando una explosión de luz que lo desbordó, empujando a Lucien hacia atrás.

La selva, las criaturas, y todo a su alrededor se llenó de una energía luminosa, mientras el segundo sello se completaba. Samuel, Aiko y Dante cayeron de rodillas, exhaustos pero llenos de una paz inexplicable. La prueba había terminado.

Capítulo 18: El Retorno del Eclipse

El aire parecía más fresco cuando la luz dorada comenzó a desvanecerse, dejando una calma inquietante en la selva. El segundo sello había sido activado, pero el eco de la energía liberada aún retumbaba en el suelo, como si la jungla misma estuviera reaccionando a la poderosa fuerza que acababa de desatarse.

Samuel, Aiko y Dante se levantaron lentamente. La batalla no había terminado; Lucien Kross aún estaba en pie.

A lo lejos, en las sombras, Lucien se reincorporó con una expresión furiosa, la oscuridad a su alrededor retorciéndose como si respondiera a su ira. El sacrificio de los Antiguos no había sido suficiente para detenerlo.

—Crees que has ganado, Samuel. —dijo Lucien, con una voz grave y resonante, mientras una neblina oscura lo rodeaba—. Pero el verdadero poder del Código está más allá de lo que has tocado.

Aiko se adelantó, sus ojos fijos en el enemigo.

—Lo que no entiendes, Lucien, es que el Código no pertenece a nadie. No puede ser usado para el control, para la destrucción.

Lucien sonrió de manera amarga.

—¿Y tú crees que no lo sé? —Su risa fue baja, llena de amargura—. **He buscado este poder durante toda mi vida, y estoy dispuesto a sacrificar todo para obtenerlo.

Dante apretó los puños.

—No lo permitiremos. —dijo con firmeza—. Este es nuestro destino, no el tuyo.

Lucien levantó la mano y, con un movimiento, las sombras se alzaron, formando una figura enorme que tomaba forma frente a él. Una bestia oscura que emanaba la misma energía que él. El Eclipse estaba cerca de completarse, y Lucien estaba listo para desatar el último golpe.

—La luz y la oscuridad son dos caras de la misma moneda. —dijo Lucien—. Y yo soy el que decidirá qué lado prevalecerá.

Samuel sintió cómo el poder del Código se agitaba en su interior. Sabía que no podía permitir que Lucien destruyera lo que quedaba de la humanidad. El sacrificio de la selva, el sacrificio de los Antiguos, ya había tenido lugar. Ahora era el momento de probar que no solo el poder físico podría ganar.

—El Código no puede ser usado para hacer el mal. —Samuel gritó, levantando las manos hacia el cielo—. El sacrificio fue un acto de pureza, no de control.

Un resplandor dorado emergió de su pecho, chocando contra las sombras de Lucien. La luz y la oscuridad chocaron con una violencia inusitada, creando una explosión de energía que hizo temblar el suelo. La bestia oscura rugió, pero la luz de Samuel la atravesó como una lanza de energía pura.

Lucien intentó aferrarse a su poder, pero su sombra comenzó a desvanecerse, como si el propio Código lo estuviera rechazando.

—Esto no ha terminado, Samuel. —dijo Lucien, con un último respiro de furia—. El Eclipse no puede ser detenido.

Pero en el mismo instante, las sombras se disolvieron, y Lucien cayó al suelo, derrotado. La jungla alrededor de ellos comenzó a calmarse, y el resplandor dorado se desvaneció lentamente. El segundo sello había sido completado, pero lo que se desató fue más grande que un simple poder físico: había sido una prueba de corazón, de alma, de lo que realmente significaba ser digno del Código.

Aiko miró a Samuel, y Dante lo observó en silencio. La batalla contra Lucien había sido solo un preludio. El verdadero desafío era lo que quedaba por delante: la última parte del Código, el enfrentamiento final contra el Eclipse.

—Esto no ha terminado. —dijo Samuel, su voz firme y decidida—. Aún queda un último sello. Y tenemos que estar listos para todo.

Con una última mirada hacia el horizonte, el equipo comenzó a prepararse para la última etapa de su viaje. El Código no solo estaba cerca de completarse. Lo que estaba por venir era mucho más grande de lo que jamás imaginaron.

Capítulo 19: La Última Puerta

El aire estaba tenso, pesado con el peso de lo que acababan de lograr. Lucien Kross había caído, pero el verdadero desafío aún estaba por llegar. El tercer y último sello, el más peligroso de todos, debía ser activado, y el equipo sabía que no podían confiar en lo que parecía ser el final.

La selva amazónica se había calmado, pero la sensación de que algo más grande se acercaba no desaparecía. Samuel, Aiko y Dante habían recorrido un largo camino, pero ahora enfrentaban la culminación de todo lo que había sucedido: el Eclipse estaba en sus últimas etapas.

Samuel miró el mapa antiguo que el Guerrero de los Antiguos les había dado. En la parte inferior, un símbolo que nunca habían visto antes estaba marcado en rojo: una puerta invisible, oculta en un templo que se encontraba en el centro de la selva, más allá de las rutas conocidas.

—Esto no es solo una puerta. Es una última barrera. —dijo Aiko, mientras examinaba el mapa.

Samuel asintió. Sabía que el verdadero reto estaba por venir, y que no solo el destino del Código dependía de ello, sino que la supervivencia del mundo entero estaba en juego.

—Vamos a prepararnos. Esto no va a ser fácil. —dijo Samuel con voz firme.

En lo profundo de la jungla, rodeados por la densidad de la

selva, llegaron a la entrada del templo. Era una estructura antigua, casi absorbida por la naturaleza, con símbolos extraños que parecían moverse con el viento. Todo estaba cubierto de musgo, y las enormes puertas de piedra estaban selladas.

Aiko se adelantó y comenzó a examinar la estructura.

—Esto... no es como lo que hemos visto antes. —comentó, tocando las inscripciones en la pared. Las runas parecían reaccionar a su toque, brillando brevemente.

Dante se acercó.

—¿Qué significa?

Aiko frunció el ceño, sus dedos aún tocando las runas.

—El código del pasado. Aquí, se habla de la "Puerta de la Finalidad". Solo los que han comprendido el verdadero sacrificio del Código podrán cruzarla.

Samuel dio un paso al frente, el resplandor dorado en sus manos ya comenzaba a brillar débilmente.

—Vamos a hacerlo. —dijo, con una mezcla de determinación y angustia. Esto no es solo sobre poder.

De repente, la puerta comenzó a vibrar, y una fuerza oscura emergió de las grietas. La selva misma parecía gritar, como si todo el planeta estuviera reaccionando a lo que sucedía. El Eclipse estaba a punto de cumplirse, y la energía que emanaba del templo comenzaba a aumentar de intensidad.

Una sombra oscura surgió de las paredes del templo. Era Lucien

Kross, pero esta vez no estaba solo. Un ejército de sombras lo acompañaba. Su sonrisa era más malévola que nunca.

—Pensaron que podían detenerme, ¿verdad? —dijo Lucien, con una risa fría. ¿Qué sabéis del verdadero poder del Código? Esto no es solo sobre sacrificios. Es sobre control absoluto.

Aiko se puso en guardia, lista para la lucha, pero Samuel levantó una mano.

—No es sobre control. —dijo, mirando a Lucien con calma. Es

sobre la luz que podemos crear al sacrificarnos por el bien de todos.

Lucien rió, y las sombras a su alrededor se agitaron.

—Eso no será suficiente. —dijo con desdén. Solo aquellos que abrazan la oscuridad alcanzan la verdadera fuerza.

Samuel cerró los ojos por un momento, sentía el poder del Código resonando dentro de él, pero también entendió que no era suficiente confiar solo en esa energía. El sacrificio verdadero no se trataba de controlar las sombras, sino de renunciar a los deseos egoístas y comprender la verdadera esencia del Código: unión y equilibrio.

—El Código no se puede usar para destruir. —dijo Samuel con convicción—. Si quieres control, Lucien, nunca llegarás a comprenderlo. El Código pertenece a todos, no solo a ti.

En ese momento, la puerta del templo comenzó a abrirse. La luz dorada que emanaba de Samuel alcanzó su punto máximo, rompiendo las sombras de Lucien. Las sombras comenzaron a disiparse, como si la luz de

Samuel fuera su antítesis. Lucien gritó, pero su poder comenzó a desvanecerse.

—¡No! —exclamó Lucien, mientras el poder oscuro que lo rodeaba comenzaba a desmoronarse. ¡Esto no ha terminado!

Pero justo antes de que pudiera reaccionar, el resplandor dorado lo envolvió por completo, y la luz se fundió con la oscuridad en una explosión cegadora. Lucien desapareció, arrastrado por su propio deseo de poder.

Cuando la luz finalmente se desvaneció, el templo había cambiado. Las puertas se abrieron por completo, revelando una cámara interior llena de una energía pura, el último sello del Código. El Eclipse había llegado a su fin.

Samuel miró a Aiko y Dante, respirando con dificultad, pero sabiendo que el sacrificio no fue en vano. La batalla había sido ganada, pero el verdadero poder del Código era el sacrificio y la unidad.

—Hemos ganado. —dijo Samuel, mirando el sello final. Pero el verdadero desafío siempre fue comprender lo que representa.

Aiko asintió, y Dante sonrió, aunque aún agotado.

—El Código ha sido completado. El mundo cambiará para siempre.

Final: El Renacer del Mundo

Con la activación del último sello, la luz del Código se esparció por el mundo, deshaciendo las oscuridades que habían acechado durante siglos. El Eclipse había llegado a su fin, pero en su lugar, comenzó un nuevo amanecer. El sacrificio había dado lugar a una era de equilibrio entre luz y oscuridad, entre el poder y la humanidad.

Samuel, Aiko y Dante, ahora con el entendimiento del verdadero poder del Código, caminaron hacia el horizonte, sabiendo que su misión había transformado el destino del mundo. El Código ya no era solo un objeto de poder; era un símbolo de la unidad y la comprensión de la humanidad.

El legado del Código del Génesis perduraría por siempre.

<u>Fin</u>

Editorial: BoD · Books on Demand,
Calle de Manzanares, 4,
28005 Madrid, bod@bod.com.es
Impresión: Libri Plureos GmbH,
Friedensallee 273,
22763 Hamburg (Alemania)
ISBN: 978-84-1326-600-8